LA MENACE FANTÔME

© Hachette Livre 2017 pour la présente édition. Tous droits réservés.

Novélisation : Catherine Kalengula.
Illustrations : Bryan Rood.
Conception graphique du roman : Audrey Thierry.

Hachette Livre, 58 rue Jean-Bleuzen, 92178 Vanves cedex.

STAR WARS

LA MENACE FANTÔME

hachette
JEUNESSE

LES PERSONNAGES

QUI-GON JINN

Qui-Gon est un maître Jedi,
qui utilise la Force pour faire le bien.
Il suit toujours son instinct,
même s'il faut pour cela parfois
désobéir au Conseil Jedi.

OBI-WAN KENOBI

Ce chevalier Jedi est l'apprenti
de Qui-Gon. C'est un guerrier habile,
mais il préfère toujours le dialogue
au combat.

ANAKIN SKYWALKER

Ce jeune garçon vit sur la planète
Tatooine. Il adore piloter
des véhicules de course
et il est très sensible à la Force.

YODA

Ce grand sage a plus de 900 ans.
Et malgré sa petite taille,
c'est le plus puissant des Jedi
et le meilleur au combat !

PADMÉ AMIDALA

C'est la jeune reine de la planète
Naboo. Même si elle souhaite
que la galaxie vive en paix,
elle est prête à combattre pour
protéger ceux qu'elle aime.

DARK MAUL

Ce redoutable combattant
est un Sith, qui maîtrise
le côté obscur de la Force.
Il est au service du mystérieux
Dark Sidious...

CHAPITRE 1

Menace
sur Naboo !

IL Y A BIEN LONGTEMPS, DANS UNE GALAXIE LOINTAINE, TRÈS LOINTAINE....

L es habitants de la planète Naboo mènent une vie paisible. Comme leur reine, Amidala, ce sont des gens gentils et pacifiques.

Pourtant, un jour, des marchands décident de s'en prendre à eux. Ils font partie d'une organisation appelée la Fédération du Commerce.

Avec leurs puissants vaisseaux, ils encerclent la planète et en bloquent tous les accès. Il devient impossible d'y livrer de la nourriture et des marchandises.

Sur Naboo, la situation devient de plus en plus difficile…

Heureusement, dans cette galaxie, il existe des chevaliers chargés de maintenir la paix : les Jedi.

Parfois, ils négocient.

D'autres fois, ils se battent, ou alors, ils utilisent le mystérieux pouvoir de la Force…

Deux d'entre eux, le maître Qui-Gon Jinn et son apprenti Obi-Wan Kenobi, veulent aider les habitants de Naboo. Leur mission : négocier avec les responsables de la Fédération. Pour cela, ils demandent à être reçus à bord de l'un de leurs vaisseaux. Mais les dirigeants ont une étrange façon de discuter : ils envoient leurs droïdes de combat ! Surpris, Obi-Wan et Qui-Gon dégainent leur sabre laser. Mais des bulles d'énergie protègent leurs adversaires.

— Ils ont des boucliers ! crie
Obi-Wan.

Il faut se rendre à l'évidence :
les ennemis sont trop nombreux
et vraiment redoutables.

— Il n'y a rien à faire, comprend
Qui-Gon. Allons-nous-en !

Échappant à ce piège, les Jedi
réussissent à s'enfuir… C'est alors

qu'en chemin, ils découvrent la terrible vérité. La Fédération du Commerce projette d'envahir Naboo !

Obi-Wan et Qui-Gon doivent avertir la reine, au plus vite !

À peine arrivés sur Naboo, ils rencontrent un habitant, Jar-Jar Binks. Ce sympathique Gungan accepte de les aider.

— C'est par-là, vite ! leur dit Jar-Jar.

Il les conduit jusqu'à la cité sous-marine où vivent les siens. Là, Qui-Gon et Obi-Wan sont présentés aux membres du conseil gungan.

— Une armée de droïdes est sur le point d'attaquer Naboo, les informe Qui-Gon. Nous devons

prévenir la reine Amidala de toute urgence.

Pour atteindre le palais plus rapidement, les chefs gungans ont une solution : passer par le centre de la planète ! Un voyage qui s'annonce cependant très risqué…

— Nous aurons besoin d'un navigateur, fait remarquer Qui-Gon.

Et le guide est tout trouvé. Ce sera Jar-Jar ! Comme ses chefs sont d'accord, le voyage au cœur de Naboo va pouvoir commencer…

CHAPITRE 2

Attaque
au palais !

Avant de rejoindre le palais, Jar-Jar et les Jedi vont devoir traverser le centre de Naboo. Un immense océan peuplé de dangers…

À bord de leur minuscule sous-marin, les trois passagers restent aux aguets. Qui sait quel genre de créatures peut rôder dans les parages ? En tout cas, plus ils s'enfoncent dans les eaux sombres, moins Jar-Jar semble tranquille…

Soudain, une étrange lueur bleue se met à briller dans l'obscurité. Elle provient d'un poisson monstrueux – ou plutôt de ses piquants !

Jar-Jar n'aime pas ça du tout.

— Oh ! là, là ! s'affole-t-il. C'est un gros Gooberfish !

Pas le temps de faire machine arrière ! La gigantesque créature

saisit le vaisseau entre ses crocs acérés et se met à le secouer dans tous les sens ! Au même instant, un autre poisson – plus énorme encore – surgit à son tour.

Obi-Wan en profite pour mettre pleins gaz…

…et filer !

Le voyage au centre de Naboo se poursuit sans encombre, jusqu'à leur destination. Mais à leur arrivée, Obi-Wan et Qui-Gon constatent qu'il est déjà trop tard. Des droïdes ont pris le contrôle du palais. Ils ont même capturé la reine Amidala et sa suite !

Pour les Jedi, c'est le moment de passer à l'attaque ! Le premier, Obi-Wan active son sabre laser, imité par Qui-Gon. Les lames vrombissent et fendent l'air. Au bout de quelques instants, les quatre droïdes sont réduits en miettes. Mais d'autres ne vont pas tarder à arriver…

Qui-Gon presse la reine de quitter le palais.

— Si vous voulez partir, Majesté, il faut le faire maintenant, lui conseille-t-il.

La souveraine déteste l'idée d'abandonner son peuple. Mais elle sait que c'est la seule solution. Sans le soutien du Sénat, elle ne pourra jamais libérer Naboo. Or cette assemblée se trouve sur une autre planète : Coruscant…

Sous la protection des Jedi, la reine réussit à rejoindre son vaisseau. Mais rien n'est encore gagné ! Juste après le décollage, de violentes explosions retentissent à l'extérieur du cockpit. Les chasseurs stellaires de la Fédération les prennent pour cible.

Même si ses boucliers protecteurs tiennent bon, le vaisseau royal subit des dommages importants. L'hyper-drive – le système qui permet de passer en vitesse-lumière – est hors d'usage.

Comment atteindre Coruscant dans ces conditions ?

— Il va falloir s'arrêter quelque part pour réparer le vaisseau, décrète calmement Qui-Gon.

Sur ces mots, le Jedi consulte une carte sur l'un des écrans. Obi-Wan se penche par-dessus son épaule.

— Là, Maître, la planète Tatooine, suggère l'apprenti.

Ce n'est pas la planète la plus hospitalière de la galaxie. Mais ils n'ont pas vraiment le choix…

CHAPITRE 3

Arrivée
sur Tatooine

Les passagers du vaisseau atterrissent sur Tatooine. C'est une planète désertique, mais tout de même habitée… notamment par les pires brigands ! Les Jedi espèrent bien y trouver les pièces nécessaires aux réparations – à commencer par le précieux hyperdrive ! Aidés de R2-D2, le droïde astromécano, Jar-Jar et Qui-Gon commencent leurs recherches. La souveraine insiste pour que l'une de ses suivantes – une certaine Padmé – les accompagne. La jeune fille meurt apparemment d'envie de découvrir l'endroit.

En réalité, il s'agit de la reine Amidala, qui s'est déguisée…

Sur Tatooine, tout est si différent de Naboo ! La chaleur d'abord, le sable à perte de vue, les bâtiments… Chez un ferrailleur, Qui-Gon déniche un hyperdrive en état de marche. Le problème, c'est qu'il n'a pas assez d'argent pour l'acheter.

Et Watoo, le propriétaire de la boutique, est pour le moins

désagréable ! Tout le contraire de
son jeune esclave, Anakin Skywalker. Comme une tempête de sable
menace, le garçon propose à
Qui-Gon, Jar-Jar et Padmé de venir
s'abriter chez lui.

Une fois dans sa maison, le garçon est fier de montrer à Padmé le
droïde qu'il a créé pour aider sa
mère. Il l'a appelé C-3PO.

— Il n'est pas génial ? demande-t-il. Bon, il n'est pas encore tout à fait fini…

Anakin adore fabriquer des choses. Lorsqu'il ne bricole pas sur C-3PO, il améliore son tout nouveau module, autrement dit un véhicule de course.

Le soir, Shmi, la mère d'Anakin, leur sert un délicieux dîner. Malgré la gentillesse de leurs hôtes, Qui-Gon, Jar-Jar et Padmé sont préoccupés. Sans l'hyperdrive, ils ne pourront jamais réparer leur vaisseau. Si seulement Watoo était plus conciliant…

— Je suis sûre que tous les ferrailleurs ont un point faible à exploiter, affirme Padmé.

C'est alors qu'une idée traverse l'esprit d'Anakin. Watoo a bel et bien un point faible : les jeux d'argent ! Et si le garçon participait en leur nom à la prochaine course de modules ? Il leur suffirait de parier sur lui pour empocher les gains !

Bien sûr, ce plan n'est pas sans risque. Malgré tout, Qui-Gon accepte…

Le lendemain, c'est le grand jour ! Qui-Gon aide le jeune pilote à se préparer.

— N'oublie pas de te concentrer sur l'instant présent, lui rappelle-t-il. Fie-toi à ton instinct.

En secret, il sent qu'Anakin est connecté à la Force. Et qu'il pourrait devenir un Jedi. Mais pour l'heure, l'important est qu'il remporte la course…

CHAPITRE 4

La course
de modules

La course ne va pas tarder à commencer.

Et l'enjeu est énorme ! Qui-Gon a parié son vaisseau sur la victoire d'Anakin. Mais pas seulement. Il a aussi proposé à Watoo d'échanger le module contre la liberté du garçon ! Padmé est étonnée. Comment peut-il confier leur destin à un enfant qu'il connaît à peine ?

Mais elle ignore ce que Qui-Gon a senti... Anakin n'est pas un enfant comme les autres. Il est relié à la Force !

De son côté, le garçon est heureux. Il adore piloter !

La course se déroule dans le désert. Le public est venu nombreux pour y assister. Après avoir

promis à sa mère d'être prudent, Anakin démarre. Il pousse les manettes à fond. Les moteurs de son module se mettent à rugir ! Et il fonce !

À chaque instant, il pense aux conseils de Qui-Gon. Il écoute son instinct. Comme lorsque ses moteurs ont un problème, par

exemple. Ou qu'il doit négocier des virages serrés. Ou encore, quand l'un de ses concurrents essaie de détruire son module. Sans succès.

Le garçon poursuit sa route, et termine… premier !

Watoo est vraiment mécontent d'avoir perdu son pari. Mais tant pis ! Avec l'argent gagné à la course,

Qui-Gon et ses amis peuvent réparer leur vaisseau. Ils vont bientôt pouvoir quitter Tatooine…

Avant leur départ, Qui-Gon discute avec Anakin. Il lui propose de partir avec lui… pour devenir un Jedi !

Le garçon n'en croit pas ses oreilles.

— Un Jedi ? interroge-t-il, les yeux écarquillés.

— Anakin, l'initiation sera longue et délicate. C'est une vie très dure, le prévient Qui-Gon.

— Mais je veux venir ! réplique le garçon. Depuis toujours, c'est ce que je rêve de faire.

Décidé à suivre son destin, il dit au-revoir à sa mère…

Mais une fois parvenus près du
vaisseau, une mauvaise surprise
les attend. Un inconnu armé d'un
sabre laser rouge !

En un éclair, Qui-Gon active sa
lame. C'est le duel !

— Cours ! ordonne-t-il à Anakin.
Et dis aux autres de décoller !

Le garçon s'élance à toute vitesse vers l'appareil. Pendant ce temps, Qui-Gon bloque un à un les coups de son adversaire. Il aperçoit son visage sous la capuche. Des yeux jaunes. Une peau rouge et tatouée. Et une couronne de cornes sur le sommet du crâne.

Mais qui est ce monstre ?

Et surtout, comment les a-t-il trouvés ?

Dans le vaisseau, Obi-Wan devine que son maître est en danger. Il ordonne au pilote de survoler les deux combattants et de déployer la rampe d'accès

Qui-Gon peut monter à bord.

— Qui était-ce ? l'interroge Obi-Wan.

— Je n'en suis pas sûr, répond son maître, en secouant la tête. Mais il avait une parfaite maîtrise des arts Jedi. À mon avis, il recherche la reine.

— Alors, qu'est-ce qu'on va faire ? interroge Anakin.

Qui-Gon lui demande d'être patient. Puis, il fait les présentations entre ses deux apprentis.

CHAPITRE 5

Retour
sur Coruscant

L e vaisseau réparé, les passagers peuvent continuer leur voyage jusqu'à Coruscant. Un nouveau venu figure désormais parmi eux... Anakin Skywalker ! Le garçon se demande ce que l'avenir lui réserve. La reine, elle, espère pouvoir convaincre le Sénat d'intervenir. Le sort de Naboo en dépend !

Dès leur arrivée, Qui-Gon et Obi-
Wan vont faire leur rapport auprès
du Conseil Jedi. Le maître raconte
ce qu'il s'est passé. Les événements
sur Naboo, la course de modules, et
enfin, il décrit l'étrange combattant
qu'il a affronté sur Tatooine.

— La seule conclusion que je
puisse tirer, termine-t-il, c'est qu'il
s'agissait d'un seigneur Sith.

Mais les membres du Conseil ont du mal à le croire ! Les Sith – ces ennemis jurés des Jedi – ont disparu depuis une éternité.

Seul, maître Yoda émet des doutes.

— De voir le côté obscur, difficile il est, rappelle-t-il. Découvrir qui est cet assassin nous devons.

Qui-Gon leur parle ensuite d'Anakin. Les Jedi demandent à le rencontrer…

Pendant ce temps, la reine Amidala défend sa cause devant le Sénat. Mais le chancelier refuse de l'aider. Il veut d'abord aller enquêter sur Naboo. La souveraine est indignée.

— On ne m'a pas élue pour que
je laisse mon peuple souffrir et
mourir pendant que vous discutez !
s'emporte-t-elle.

Elle persuade les sénateurs
d'élire un nouveau chancelier :
Palpatine. Peut-être celui-ci saura-
t-il mieux l'écouter ?

Son devoir accompli, la reine décide ensuite de rentrer chez elle…

Un peu plus tard, Anakin est reçu par le Conseil Jedi. Il doit par exemple deviner quelles images défilent sur un écran… sans les voir !

A-t-il réussi ? Impossible de le dire. Les maîtres sentent de la peur chez le jeune garçon. Un sentiment qui, selon eux, pourrait l'empêcher de devenir un chevalier Jedi.

— La peur est le chemin qui conduit au côté obscur, déclare

Yoda. La peur mène à la colère. La colère mène à la haine. La haine mène à la souffrance.

Qui-Gon prend la défense du garçon.

— Je le formerai, assure-t-il. Le jeune Anakin sera mon padawan.

Les autres Jedi ne sont pas convaincus. Ils lui rappellent qu'il n'a pas le droit d'avoir deux apprentis à la fois. Mais ce sujet devra attendre. En effet, une mission plus urgente attend Qui-Gon.

Protéger la reine Amidala pendant son voyage de retour vers Naboo… et démasquer le mystérieux guerrier !

CHAPITRE 6

Retour
sur Naboo

Accompagnée de Qui-Gon, Obi-Wan, et du jeune Anakin, la reine Amidala décide de retourner sur Naboo pour sauver son peuple.

Et elle a un plan. Elle veut combattre la Fédération. Mais pour cela, elle a besoin de soutien… C'est pourquoi, dès leur arrivée, Jar-Jar conduit la souveraine et les Jedi jusqu'à la cachette secrète des Gungans.

Et là, surprise ! Padmé révèle qu'elle est la reine Amidala. C'était sa servante qui jouait son rôle pour assurer sa sécurité.

Elle s'adresse ensuite aux chefs gungans.

— Si nous n'agissons pas rapidement, tout sera perdu à jamais, déclare-t-elle. Aidez-nous, je vous en prie… ou plutôt, je vous en supplie.

Les Gungans acceptent… Ils sont prêts à se battre !

Tout comme les dirigeants de la Fédération ! Et eux aussi reçoivent de l'aide. Celle d'un certain Dark Sidious…

— Exterminez les Jedi, leur ordonne-t-il. Jusqu'au dernier.

Même en hologramme, Sidious est vraiment terrifiant. Mais son apprenti, Dark Maul, est tout aussi intimidant. C'est lui qui s'en est pris à Qui-Gon, sur Tatooine. Son maître lui fait confiance.

Si quelqu'un peut remporter cette bataille, c'est bien lui !

Et il n'a pas à attendre long-temps ! L'heure du combat est venue. Les droïdes de la Fédération réussissent à franchir les boucliers protecteurs. Mais les courageux guerriers gungans tiennent bon !

Pendant ce temps, la reine, ses gardes et les Jedi s'introduisent dans le palais. Ils veulent trouver les responsables de la Fédération.

Qui-Gon sent que la mission s'annonce dangereuse et demande à Anakin de se cacher à l'intérieur d'un vaisseau.

— Tu y seras en sécurité, lui affirme-il.

Peu après, Dark Maul surgit.
Qui-Gon se tourne vers Padmé.

— Laissez-nous régler ça ! lui
dit-il.

En entendant ces paroles, le seigneur Sith active son sabre laser à
deux lames. Aussitôt, Obi-Wan se
joint à son maître pour l'affronter.

Mais après un long duel dans le palais, leur adversaire réussit à les séparer. Il emprisonne chaque Jedi derrière des barrières d'énergie.

Celle de Qui-Gon disparaît la première. Et le combat reprend.

Les deux guerriers échangent des coups terribles. Pendant ce temps,

Obi-Wan – toujours prisonnier – doit laisser Qui-Gon se défendre seul. Son maître bloque les assauts, avant de contre-attaquer. Mais Dark Maul esquive et le frappe au menton avec la poignée de son arme.

Sonné par la force de l'impact, le Jedi recule de quelques pas. Son ennemi sourit déjà, victorieux…

CHAPITRE 7

La bataille finale

Au sol et dans l'espace, la bataille fait rage. Impuissant, Obi-Wan regarde Maul jouer avec son sabre laser et s'en servir contre son maître. Qui-Gon s'écroule sur le sol.

— Non ! hurle Obi-Wan, désespéré.

Sa barrière d'énergie s'évapore à son tour.

Obi-Wan se jette alors sur Maul et, grâce à la Force, il le terrasse définitivement.

Les Jedi ont réussi à vaincre le Sith. Mais Qui-Gon y a laissé la vie. Juste avant de disparaître, il fait promettre à son apprenti de former Anakin…

Réfugié dans un chasseur stellaire, le garçon sent que ses amis sont en danger. Il veut utiliser les canons de l'appareil. Mais voilà qu'il le fait décoller… direction l'espace !

Là, il doit zigzaguer pour éviter les tirs de la Fédération. Puis, il s'engouffre à l'intérieur d'un énorme

vaisseau et y lance des torpilles,
avant de ressortir en trombe.

Derrière lui, c'est l'explosion !

— Ça, c'est une course ! s'écrie-
t-il, avec un large sourire.

Le vaisseau ennemi est détruit.
Et pas n'importe lequel ! C'était
celui qui contrôlait tous les droïdes

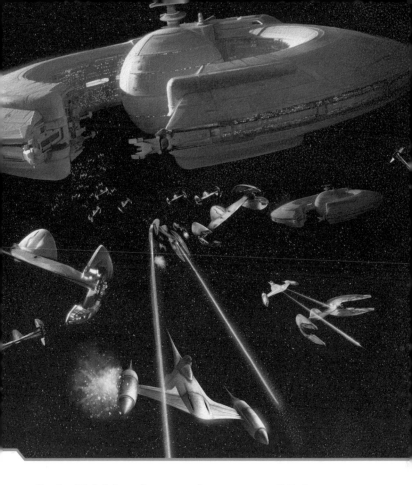

de la Fédération présents sur Naboo.
Ceux-ci sont donc mis hors service.
La bataille est gagnée !

Peu de temps après, les maîtres Jedi débarquent à leur tour sur Naboo. Obi-Wan leur décrit en détail son duel contre le seigneur Sith. Puis, il leur parle des dernières volontés de Qui-Gon au sujet d'Anakin.

Après réflexion, Yoda refuse sa demande.

— Un grand danger je redoute dans son initiation, explique-t-il.

Mais Obi-Wan ne veut pas l'écouter. Il a donné sa parole.

—Je formerai Anakin... rétorque-t-il. Avec ou sans la permission du Conseil.

Devant son entêtement, Yoda finit par céder.

— Ton apprenti Skywalker sera, accepte-t-il.

Plus tard, pourtant, il se confie à un autre maître Jedi, Mace Windu. Il sent que le futur ne leur réserve pas que des bonnes choses... Et la défaite de Dark Maul est une faible

consolation. Les seigneurs Sith vont toujours par deux.

Si Maul était un apprenti, où est son maître ?

Même si l'avenir est incertain, il y a quand même des raisons de se réjouir.

Obi-Wan est devenu chevalier Jedi. Et il va former Anakin.

Naboo a retrouvé sa liberté. Tout comme les Gungans, qui se sont vaillamment battus.

La galaxie est en paix.

Pour l'instant…

Fin

Découvre prochainement
le deuxième épisode
de la saga *Star Wars*

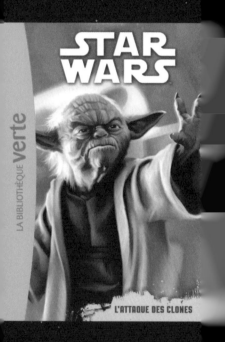

STAR WARS

LA BIBLIOTHÈQUE verte

L'ATTAQUE DES CLONES

Pour tout connaître sur ta série préférée,
va sur le site :
www.bibliotheque-verte.com

TABLE

PAPIER À BASE DE
FIBRES CERTIFIÉES

⊟hachette s'engage pour
l'environnement en réduisant
l'empreinte carbone de ses livres.
Celle de cet exemplaire est de :
300 g éq. CO$_2$
Rendez-vous sur
www.hachette-durable.fr

Photogravure Nord Compo - Villeneuve-d'Ascq

Imprimé en Roumanie par G. Canale & C. S.A.
Dépôt légal : mai 2017
Achevé d'imprimer : avril 2020
36.6674.5/13 – ISBN 978-2-01-625558-2
Loi n° 49956 du 16 juillet 1949
sur les publications destinées à la jeunesse